AF262416

LE TRONE

ET L'AUTEL,

OU

RÉPONSE A M. DE CHATEAUBRIAND;

PAR UN CI-DEVANT RÉVOLUTIONNAIRE.

AU MANS,

Chez l'Auteur, rue Sainte-Ursule, N.º 8.

1816.

LE TRONE

ET L'AUTEL,

OU

RÉPONSE A M. DE CHATEAUBRIAND;

PAR UN CI-DEVANT RÉVOLUTIONNAIRE.

Un pair de France vient de jeter le cri d'alarme dans un écrit où le ministère est représenté comme l'instrument d'une faction, et cette faction comme un affreux résidu de l'anarchie et du despotisme. Un ami de la liberté va répondre à cet écrit vraiment extraordinaire, dont l'importance s'accroît par l'effet naturel du mystère.

Monsieur de Châteaubriand, familiarisé avec de grands succès qu'il sut toujours obtenir des circonstances, plus encore que de son rare talent, est une autorité trop imposante pour qu'on laisse au ministère public seul le soin de le combattre. En reprochant à d'autres l'esprit de système, il ne peut échapper lui-même à ce reproche qui n'en serait pas un, si par système on entendait communément une liaison d'idées exactes données par la juste appréciation des faits. M. de Châteaubriand est *gentilhomme*, et ne perd jamais l'occasion de le rappeler au public : c'est de là qu'il part pour chercher la route de la liberté. Il l'a trouvée sans doute, mais pour les gentilshommes et les prêtres seulement ; car, dans son *Utopie*, là sont les purs élémens de l'ordre social : les vertus, le dévouement et l'honneur. Son attachement à la charte n'est, au fond, qu'une sorte de déférence aux sentimens bien connus du roi ; c'est encore un voile transparent destiné à couvrir ou plutôt à trahir une arrière-pensée féodale. En admettant ces principes qu'on se lasse d'appeler *libéraux*, il veut les ensévelir dans le tombeau des abstractions, comme une certaine constitution le fut dans l'arche révolutionnaire : c'est un leurre qu'il présente aux Français, une ruse d'homme d'état pour tromper, endormir les simples, en leur faisant accroire que des principes reconnus suffisent. Mais, en attendant l'application de ces principes, on verrait le ministère, la représentation nationale, l'administration, la magistrature, les hauts grades de l'armée passer exclusivement aux gentilshommes, c'est-à-dire aux nobles féodaux ; l'enseignement et les registres de l'état civil aux prêtres ; on verrait les anciens priviléges renaître en faveur de la pairie; les honneurs et les richesses pleuvoir sur les familles patriciennes.

Il y a quelque maladresse dans le développement d'un art si rafiné. Cela pique l'amour-propre des connaisseurs, qui se multiplient de jour en jour. Trop d'instruction est maintenant répandue dans la classe moyenne, pour qu'elle ne juge pas, avec autant de justesse que d'indépendance et de sagacité, les hommes, les choses, les intentions, les conséquences. Cette classe nombreuse et moralement si forte veut aussi *le trône et l'autel;* mais elle desire par-dessus tout l'extinction absolue de l'esprit féodal. Elle connaît la valeur des termes; elle sait que beaucoup ont changé d'acception dans la bouche et sous la plume de ses anciens dominateurs. Si nous n'y prenions pas garde, la langue s'embarrasserait avec les idées, par l'effet de l'inconsidération ou de la mauvaise foi d'écrivains sans méthode qui brouillent tout en affectant de tout éclaircir. Ils se sont fait un jargon précieux, emphatique, ambigu, dont l'influence est quelque chose dans l'intervalle des grands événemens, et disparaît lorsque ces événemens arrivent. Il se mêle à ce jargon un air de profondeur, des formes analytiques, des mots d'une simplicité recherchée, des saillies, du néologisme; ce qui fait un ensemble où la prétention à l'originalité n'a pu mettre que le cachet de la bizarrerie.

L'écrit dont nous nous occupons a pour titre : *De la Monarchie selon la Charte*, et pour épigraphe : *Le roi, la charte et les honnêtes gens.* Il commence par cette profession de foi : *La monarchie avec la charte est la seule bonne manière de vouloir le roi légitime.... Ne fût-elle pas bonne, c'est la seule possible.* Voilà qui est fort clair : passons.

Le gouvernement établi par la charte se compose de quatre élémens : prérogative royale ou royauté, chambre des pairs, chambre des députés, ministère. Cela est encore incontestable.

Le roi est une divinité.... Il est inviolable, sacré, infaillible. Arrêtons-nous ici : l'hyperbole est trop forte. C'est une fiction qui ne convient point aux peuples mûrs, par cela seul que c'est une fiction; elle ne conviendrait pas plus aux peuples demi-civilisés, parce qu'il y a trop de finesse et de subtilité dans un pareil système. Faire d'un mortel une divinité pour ôter ensuite toute moralité à ses actions, c'est une conception née dans les temps modernes, un tour de force à l'anglaise, que les Français ne peuvent imiter. Nous voulons plus de fond, plus de vérité dans les institutions; nous sommes désabusés sur tout, et nous ne pouvons plus nous prêter à des apparences trompeuses. Chez nous, un roi est un roi, c'est-à-dire un homme revêtu de l'exercice du pouvoir souverain, ayant le privilége de l'inviolabilité, non celui de l'infaillibilité; ordonnant au nom des lois, et dont la volonté a lieu dans de certaines circonstances, indépendamment de ses ministres, celle par exemple où il jugerait à propos de les changer. Supposons donc le cas où le roi voudrait les renvoyer tous, quel serait le ministre, organe de sa volonté, responsable de ses ordonnances?

La prérogative royale doit être plus forte en France qu'en Angleterre, dit M. de Châteaubriand. Je réponds que, dans une monarchie constitutionnelle, la prérogative royale doit être par-tout la même. Accepter ou rejeter les lois, les faire exécuter, nommer les pairs et les officiers de la justice, de l'administration, de l'armée; représenter la nation dans ses rapports avec les gouvernemens étrangers, avoir le droit de faire grâce : telles sont les principales attributions de cette prérogative dans tous les pays soumis au régime constitutionnel. Que pourrait-elle avoir de plus en France?

Nous pensons, ainsi que M. de Châteaubriand, que l'initiative royale des lois et leur proposition secrète sont deux vices de la charte, et nous souhaitons qu'ils soient corrigés selon les formes constitutionnelles. Sans doute, l'initiative et la sanction de la loi sont deux attributs incompatibles; car, dit fort bien notre auteur, dans ce cas, c'est la couronne qui approuve ou désaprouve son propre ouvrage.

Mais nous ne partageons point son opinion sur l'immensité de pouvoirs qu'il voudrait qu'on prodiguât à la chambre des pairs. *Il manque encore à cette chambre, selon M. de Châteaubriand, non dans ses intérêts privés, mais dans ceux du roi et du peuple, des priviléges, des honneurs et de la fortune. Il faudra, tôt ou tard, rétablir, pour les pairs, l'usage des substitutions par ordre de primogéniture. Le retrait lignager en serait un appendice heureux... La terre noble ferait le noble plus sûrement que la volonté politique... Sans priviléges et sans propriétés, la pairie est un mot vide de sens, et la monarchie représentative ne se constituera pas en France.*

Il résulte de cette opinion que M. de Châteaubriand est constitutionnel à sa manière, et qu'il indique le premier pas à faire vers le retour d'une noblesse féodale. Or, nous savons ce que vaut une telle institution pour la sûreté du trône et pour la liberté publique. Nous savons ce qu'elle valut aux rois de la famille de Charlemagne; à Louis VI, le défenseur du peuple contre les seigneurs; à Louis IX, dont la minorité courut de si grands dangers au milieu des grands-vassaux; et dont la politique, autant que la dévotion, lui fit emmener, contre les ennemis de la croix, cette noblesse indocile et turbulente; à Philippe de Valois, aux champs de Créci; à Jean son fils, aux champs de Poitiers.

Si elle servit Charles V, elle forma ces *grandes compagnies,* ramas d'illustres brigands soudoyés par le pape et les princes chrétiens, gorgés des dépouilles et du sang des peuples, commandés par les premiers capitaines d'Édouard III, par les chevaliers les plus renommés des Pays-Bas et de la France, entre lesquels on comptait jusqu'au vertueux du Guesclin.

Si elle reconquit la France sous Charles VII, c'est qu'elle l'avait perdue et livrée sous son père.

Si les guerres d'Italie firent éclore tant de traits de bravoure, de fidélité, de loyauté chevaleresque, l'histoire des guerres de religion qui succédèrent à ces expéditions désastreuses, ne nous offre-t-elle pas l'affligeant tableau de la noblesse française divisée en deux partis, dont l'un, se disant fidèle à la cause du roi, servait celle des ambitieux princes de Lorraine; et dont l'autre, armée contre la couronne, avait pour but de relever les grands fiefs?

Si Henri IV, l'idole du peuple français, a péri sous le fer d'un ligueur, environné de factieux et de conjurés, qui étaient ces conjurés et ces factieux?.... Interrogez l'histoire.

Si le plus habile ministre qui ait gouverné la France a jugé que le salut de la monarchie demandait le sacrifice des plus nobles têtes, peut-on douter des dangers qui menaçaient alors le trône de la part d'une noblesse toujours féodale dans le cœur?

Qui étaient les chefs et les moteurs de la Fronde?.... Et les deux plus grands généraux de Louis XIV lui furent-ils toujours fidèles?

Jetons sur les deux règnes suivans le voile du respect; observons seulement que, dans le siècle dernier, les prétentions féodales de la noblesse avaient disparu, et que la liberté s'est inoculée chez nous par le contact de jeunes gentilshommes, frères d'armes de Lafayette, élèves de Wasingthon, héros de l'indépendance aux États-Unis d'Amérique.

M. de Châteaubriand a fait, dans ses *Réflexions politiques*, le roman de la noblesse française; et moi, je viens d'en esquisser l'histoire.

Puisqu'il ne rêve que factions et conjurations, et qu'il sonne, pour ainsi dire, le tocsin sur les constitutionnels, n'aurait-on pas le droit de lui rendre *œil pour œil, dent pour dent ?* Et s'il me prenait envie de le placer à la tête d'un parti ayant pour but d'attribuer à l'ancienne noblesse toute la puissance effective du gouvernement, cette supposition serait-elle plus déplacée, plus invraisemblable que son affirmation? L'écrit de M. de Châteaubriand est le *manifeste* et le *vade mecum* des féodaux.

Il fait du roi une divinité pour le rendre absolument passif. Il veut que les ministres soient nommés et qu'ils gouvernent par la majorité..... dans les chambres; qu'ils en fassent partie afin d'en être les maîtres par le *fond,* et les serviteurs par la *forme;* il veut que la pairie reprenne les priviléges de l'ancienne noblesse; il veut que ceux des nobles qui ne seront pas pairs fassent partie de la chambre des députés; il veut rendre le clergé encore une fois propriétaire. Quant au reste de la nation, il ne s'occupe de ses intérêts que par manière d'acquit; et s'il réclame la liberté de la presse, c'est pour donner aux nobles et aux prêtres redevenus grands propriétaires, grands dispensateurs de la fortune et de la renommée, les moyens de conquérir et d'enchaîner l'opinion publique.

Oui, ce qu'il faut sur-tout, c'est la liberté de la presse; non, point de gouvernement représentatif sans la liberté de la presse. Mais ce droit ne serait-il point une chimère, si comme le propose M. de Châteaubriand, on exigeait des propriétaires de journaux un cautionnement de 80 à 100,000 francs? Et cela, parce qu'une gazette est une tribune. Ne serait-ce pas une tribune sans tribuns, où ne monteraient que les cliens du patriciat féodal? C'est ainsi que M. de Châteaubriand n'a pas plutôt reconnu un principe, qu'il se hâte d'en détruire les conséquences.

Sa logique est encore plus décevante, lorsqu'il passe de l'examen des principes à celui du systême adopté par le ministère depuis la restauration, systême qu'il énonce de la manière suivante : *Il faut gouverner la France dans le sens des intérêts révolutionnaires.*

Les hommes de la révolution, dit-il, *ont professé les plus fiers sentimens de la liberté sous la république, la soumission la plus abjecte sous le despotisme........ La doctrine de la passive obéissance a été prêchée par les hommes qui ont bouleversé la France au nom de la liberté.*

Je ne garantirai pas ici la bonne foi de l'écrivain; mais je dirai qu'il se trompe. *Des* hommes de la révolution (et non pas *les* hommes), se sont réunis à *des* royalistes pour fonder et pour étendre, tant au dedans qu'au dehors, la puissance de Napoléon; et dieu sait quelle confiance ces hommes de la révolution inspiraient à leur propre parti! Que dis-je? à leur parti; depuis long-temps ils n'y tenaient plus que pour le trahir, en attendant qu'ils pussent l'exterminer.

Les véritables républicains, ceux que M. de Ch. a peints lui-même dans ses *Réflexions politiques,* (1) étaient

---

(1) « Tout homme qui suit, sans varier, une opinion, » est excusable, du moins à ses propres yeux. Un républicain

proscrits dès avant le 9 thermidor; ils le furent après; ils le furent sous le directoire; ils le furent sous Bonaparte : ne serait-il pas trop fort de les rendre solidaires avec ces apostats qui, voyant en eux le plus dangereux obstacle à leurs intrigues, les ont torturés, décimés sans relâche et sans miséricorde depuis 24 ans ? Quinze cents lettres de cachet furent décernées contre ceux de Paris seulement dans le mois qui précéda la première abdication.... Et lorsqu'on disait à Bonaparte, durant les cent jours, qu'il n'y avait de salut pour lui que dans les patriotes , ses conseillers lui répétaient que ces *anarchistes*, ces *désorganisateurs* étaient plus ses ennemis que les volontaires royaux.

Qu'on relise les nombreux écrits publiés, à cette dernière époque, par ces désorganisateurs du despotisme. On y verra quelle hardiesse et quelle sévérité présidaient à la censure de la conduite présente et passée de l'homme de l'île d'Elbe. Voilà comment ils prêchaient *la doctrine de la passive obéissance.* Qu'on daigne se ressouvenir aussi des emportemens d'un certain parti dans l'intervalle du 4 mai au 20 mars. De toutes parts on aiguisait contre les libéraux le fer de la vengeance; tout était bon pour en proclamer le signal : les pamphlets , les appels nominaux

------

» de bonne foi , qui ne cède ni au tems ni à la fortune ; qui,
» toujours ennemi des rois , a en horreur les tyrans, mérite
» d'être estimé , quand d'ailleurs on ne peut lui reprocher
» aucun crime. »

érigés en tables de proscription, la biographie mo-
derne, le libelle de Goldsmith, la chaire et les
journaux. Il semblait que l'on voulût jeter hors de
l'humanité ceux que leur désintéressement et leur
courage avaient rendus si odieux à la tyrannie : on
se faisait un plaisir cruel de les réduire à un tel dégré
d'humiliation et de désespoir, qu'il n'y eût plus de
chance pour eux que dans une révolution nouvelle,
quel qu'en fût le résultat et le héros.

Voici ce qu'un patriote écrivait à ce sujet, vers la
fin de 1814 :

« Un système perfide essaie d'accréditer parmi
» nous cette erreur décourageante, que la France a
» perdu dans sa révolution tout sentiment de socia-
» bilité, toute idée de justice et d'ordre, toute éner-
» gie. Les faits que l'on donne à l'appui de ces ca-
» lomnies sont les travaux de l'assemblée constituante,
» le régime de la terreur, le gouvernement directorial
» et la docilité des Français sous la longue domination
» de Bonaparte.

» Mais attaquer les travaux de l'assemblée cons-
» tituante, c'est déclarer la guerre aux principes re-
» connus aujourd'hui par la grande partie des cabinets
» de l'Europe. Le système représentatif, décrété par
» cette assemblée, est sur le point de s'établir presque
» par-tout ; et la France a retenti des mots *constitution*
» *libérale* prononcés par son roi.

» Le régime de la terreur ne fut point un signe de
» corruption, mais l'effet d'une résistance qui, pour

» vaincre, ne se croyait jamais assez forte. La corrup-
» tion n'enfante ni ces prodiges de valeur, ni cette
» farouche énergie, ni cette abnégation de soi-même,
» ni ce terrible délire; elle ne produit que des vices
» bas, des mœurs serviles, des habitudes molles, des
» goûts frivoles et bizarres; elle tend la main à l'or
» de l'étranger, et la tête au joug.

» La nation qui se reconstitue est comme la nation
» qui se fonde : l'une et l'autre sont justifiées par le
» succès; l'une et l'autre ont été capables d'un grand
» effort. Quand elles l'ont produit, la violence du
» mouvement a détruit tout ce qui était en présence;
» et le comble de la déraison est de leur imputer à
» crime les coups qu'elles ont portés dans la chaleur
» du combat. Le crime est une infraction aux lois so-
» ciales et naturelles : or, toute révolution, c'est-à-
» dire tout mouvement national tendant à substituer
» de nouvelles institutions aux anciennes, amène un
» moment où la loi proscrite n'existe plus, et où la loi
» nouvelle n'existe pas encore. Dans cet orageux in-
» tervalle le salut commun tient lieu de tout, et l'en-
» thousiasme supplée aux forces régulières.

» Après avoir aboli le directoire, Bonaparte dit à la
» France qu'elle était mal gouvernée. Rien de plus
» vrai; mais la nation fut-elle avilie sous ce mauvais
» gouvernement? Malgré les défaites de Schérer, les
» troubles de l'ouest et du midi, la division des chefs
» de l'état et les dissentions des représentans, l'esprit
» de liberté ne s'affaiblit point; il respira dans les

» actions, dans les écrits, à la tribune, dans les
» camps, au sein du peuple; en un mot, la nation,
» abandonnée de son gouvernement, continua de se
» soutenir contre tous ses ennemis; et l'homme qui se
» saisit du pouvoir au 18 brumaire était le premier
» général de l'Europe. Si la France eut son Cromwel,
» elle croyait posséder un Wasingthon. Tous les pres-
» tiges faits pour tromper les peuples les plus vigilans,
» les plus aguerris contre le despotisme, furent em-
» ployés pour la séduire. On tourna son activité vers
» la conquête; on ne cessa de lui parler d'indépen-
» dance, de patriotisme, de gloire, d'idées libérales;
» elle crut toucher au dégré suprême de la prospérité,
» de la sagesse politique; elle supporta de grandes pri-
» vations; elle alla même au-devant des sacrifices....
» L'Europe est avilie, si la France doit l'être; car
» l'Europe a été séduite et trompée comme la France.

» Puisqu'on attaque la révolution dans son principe,
» et qu'on veut traiter en ennemis vaincus ceux qui
» l'ont défendue soit de gré, soit par l'entraînement
» des circonstances, au prix de leur repos, de leur
» fortune et de leur sang, il est juste de repousser,
» avec toute la fierté de l'homme libre, ces agressions
» où l'arme du sophisme étincelle pour donner le
» signal de la guerre civile. En deux mots, que vou-
» laient la noblesse et le clergé? Garder leurs pri-
» viléges. Ils les ont perdus. Les ont-ils reconquis?
» Non. Que voulait le tiers-état? L'égalité de droits.
» L'a-t-il obtenue? Oui,

» Que sert-il de reprendre une à une les scènes
» sanglantes de la révolution ? Ne pourrions-nous pas
» dérouler aussi le hideux tableau des crimes d'une
» partie de ses adversaires ? Mais qu'avons-nous besoin
» de recourir à de futiles récriminations ? Les partisans
» de l'égalité de droits sont forts par le nombre, par
» la raison , par l'assentiment des princes eux-mêmes.
» Le despotisme seul a succombé dans la personne
» de Bonaparte ; la liberté seule triomphera dans les
» effets de la victoire remportée sur lui par les puis-
» sances coalisées. Quoi ! ces empereurs et ces rois ,
» à la tête d'un million de combattans, ont pénétré
» jusqu'au cœur de la France; ils étaient disait-on,
» les ministres de la céleste justice ; ils allaient punir
» une nation criminelle..... Et ces terribles vengeurs,
» en entrant dans Paris, baissent leurs armes devant la
» majesté du peuple français ; ils parlent de lois,
» d'institutions libérales, de paix, de fraternité! Plus
» grand dans son désastre que dans ses triomphes, ce
» peuple en impose à tant d'ennemis, à ceux qui,
» pour exaucer les vœux homicides de quelques fré-
» nétiques, devaient porter le fer et la flamme dans
» la capitale et dans les provinces.

» Incorrigibles détracteurs, que vous êtes petits de-
» vant cette nation que vous insultez avec tant de rage
» et d'impuissance! Comme vous la justifiez par l'éta-
» lage de vos doctrines abrutissantes, par l'impudence
» de vos aveux, par l'expression surannée de votre
» délirant orgueil! Tuteurs déchus, nous sommes

» émancipés; c'est à des hommes que vous avez affaire:
» parlez-nous donc comme à des hommes. »

Revenons à M. de Châteaubriand, et voyons ce qu'il entend par ce mot *intérêts révolutionnaires*, qu'il paraît si fier d'avoir trouvé. Il divise ces intérêts en deux espèces : *matériels* et *moraux*. Il consent à ne point blesser les uns, et rejète les autres. Il regarde comme intérêts matériels la possession des biens nationaux, les droits politiques développés par la révolution et consacrés par la charte; il appelle intérêts moraux, ou plutôt immoraux de la révolution, l'établissement des doctrines anti-religieuses et anti-sociales, la doctrine du gouvernement de fait, en un mot tout ce qui tend à ériger en dogme, à faire regarder comme indifférens, ou même comme légitimes, le manque de foi, le vol et l'injustice.

Je remercie M. de Châteaubriand de nous avoir laissé nos intérêts matériels, et je lui laisse de bon cœur ses intérêts immoraux. Nous voulons aussi *le trône et l'autel;* nous les voulons avec tous les royalistes constitutionnels : le trône et sa légitimité, l'autel et la doctrine pacifique de Jésus-Christ. Nous fûmes révolutionnaires : pourquoi le nier? Nous le fûmes pour conquérir nos droits civils et politiques. Or, nous les possédons, consacrés par la charte, octroyés par M. de Châteaubriand; pourquoi serions-nous encore révolutionnaires? Il en est qui ont cessé de l'être aussitôt qu'ils ont eu dans les mains le pouvoir et les richesses nationales; dès-lors ils ont pris le langage des féodaux:

ils nous ont appelés anarchistes, désorganisateurs. Pourquoi s'obstine-t-on à confondre l'oppresseur avec la victime? N'était-ce pas contre eux que nous étions révolutionnaires, depuis la scène usurpatrice de Saint-Cloud?

Mais ce sont les intérêts des féodaux, leurs intentions et leurs maximes qu'on peut justement appeler révolutionnaires. Une poignée de nobles et de prêtres, rebelles à la volonté du roi, ne prétend-elle pas révolutionner la France pour rentrer dans ses priviléges? Ne traitent-ils pas la sagesse de folie, et la clémence de faiblesse? Est-il rien d'auguste et de sacré pour eux, sitôt que la puissance refuse d'encourager leurs espérances coupables, et de sanctionner leurs résolutions furibondes?

Ah! que le trône recouvre sa splendeur, et l'autel son édification! tel est notre vœu le plus sincère. Nous ne voyons dans le roi qu'un père; dans le ministre des autels qu'un consolateur et qu'un guide, s'il a une patrie; dans la loi, que l'égide du citoyen. Nous éprouvons trop vivement peut-être le besoin de l'ordre libéral; mais nous sentons enfin que l'homme est fait, dit le philosophe, pour tendre sans cesse à la perfection et non pour y parvenir.

M. de Châteaubriand fait de singuliers efforts pour démontrer qu'en France les royalistes sont en majorité. Il cite comme une preuve le choix des électeurs en 1815. Mais entend-il par royalistes les féodaux? Il est dans une grande erreur. Notre preuve, à nous, est dans notre mauvais système électoral, avoué par lui-même.

Quand les corps électoraux sortiront du sein des assemblées primaires, quand il n'y aura plus d'adjonctions ministérielles, on pourra se flatter de connaître le vœu réel de la majorité. Eh bien! nous attendons M. de Châteaubriand à cette épreuve.

Il compte le nombre des révolutionnaires, et n'en trouve pas mille par département, cent par ville, douze par village : il a grandement raison; car la masse est constitutionnelle, à un féodal près sur cent.

Rien n'est plus étonnant que les plaintes de M. de Châteaubriand sur la faveur dont jouissent aujourd'hui les prétendus révolutionnaires et les bonapartistes. Il ne voit que des épurations partielles dans le déplacement général qui s'est effectué depuis juillet 1815. Il nous apprend que des préfets *trop royalistes* ont été rappelés, et que d'autres sont menacés; il nous apprend qu'une foule d'hommes *suspects* sont placés par des ministres dévoués au système des intérêts révolutionnaires; il nous apprend qu'on cherche à faire revivre l'armée de la Loire; qu'on attaque les *bons* royalistes sous le nom d'*ultrà*; que les curés *meurent de faim!* que la faction compte sur les secours des puissances étrangères; enfin, qu'une véritable conspiration...... Je n'acheverai pas, de crainte de répéter son cri de détresse, que d'autres pourraient bien appeler....

Comment un homme d'état, un pieux et célèbre écrivain a-t-il pu se persuader qu'il porterait dans des cœurs français la conviction de ses pauvres raisonnemens et de ses assertions calomnieuses? Il accuse les ministres de marcher au renversement du trône et de l'autel, parce qu'ils veulent mettre fin à la réaction, c'est-à-dire à la révolution. Les anciens révolutionnaires ne sont pas encore tous morts, donc ils conspirent jusques dans le gouvernement; les royalistes modérés sont en place, donc ce sont des bonapartistes; on tend à une monarchie effectivement représentative, donc le trône s'écroule; on veut des pairs et non des seigneurs, donc on revient à la démagogie; on desire un clergé modeste, instruit, que l'aisance soutienne et que les richesses ne corrompent plus, donc on est athée. De quel côté sont aujourd'hui les anarchistes, les désorganisateurs, les révolutionnaires? Ne le demandez pas à M. de Châteaubriand, mais interrogez les faits, écoutez certaines gens, réfléchissez et jugez.

RIGOMER BAZIN.

De l'imprimerie de RENAUDIN, rue des Trois-Sonnettes, N.º 9.

www.ingramcontent.com/pod-product-compliance
Lightning Source LLC
Chambersburg PA
CBHW061842060726

47597CB00008B/3573